田中有芽子歌集

私《わたくし》は日本狼アレルギーかもしれないがもう分からない

左右社

田中有芽子歌集

私は日本狼
アレルギー
かも
しれないが
もう分からない

装幀　名久井直子
装画　田中有芽子

目次

私は日本狼アレルギーかもしれないがもう分からない

私は
日本狼アレルギー
かもしれないが
もう分からない

【あ】

アイウエア眼鏡《めがね》のことをアイウエア大きな声で音読しよう

赤ちゃんは眠る時泣く寝ルト逃ゲラレナクナル戦エナクナル

朝ぐらぐらしたら夕方には抜く子供だったと君は言いけり

「明日は1時間が45分になります」先生の連絡

足引きの山折り谷折り組み立て式付録《ふろく》は自分でやってよ

あ

遊ぶための羽根なんかないってでも日々暮らす羽根さえあればって

温まったプラタナスの葉の匂いガムシロップみたいに流れて

あのアゲハ小さい頃から何回もおんなじやつに会ってるのかも

あ

あんたのおもちゃ箱に毎晩9時40分に鳴るものがあるの

あ

【い】

閾値《いきち》ぎりぎりの讃美歌が流れている澄んだ青空に昼月

イスラエルの子供が丑三《うしみ》つ時《どき》に父とネット碁《ご》をしてくれてる

今、バードコードって言った言ったよね？鳥になりたいなりたいんでしょう？

インク切れ露草摘《つゆくさつ》みに行こうかねシアンのインク切れたプリンタ

インターホン越しにトリック・オア・トリートと言えば解除されて秋

あ

【う】

内側にビロード（黒）を貼り蓋《ふた》を閉めると夜っぽいものができる

空蟬の背に蟬液を注入し地中へ埋める７年たてば

海底へ豹《ひょう》と一緒に潜りたいヒョウ柄のエイ紹介したい

海と陸出会うはずない命たち一皿に盛ってシーフードサラダ

海に棲《す》む生物の名の看護師が夕の注射の用意している

あ

海猫《うみねこ》の青く透《す》ける毛撫《な》でながらおまえ髭《ひげ》まで青いねみゃおう

埋もれてた永久がまた顔を出す永久を磨くのまだ手伝ってやる

上ずって話す誰（何）かの声がする「わたしもどきでよろしいですか？」

あ

【え】

エアコンの温度設定争いから始まる異類婚譚《いるいこんたん》

永遠に沖田よりは年上で土方よりは年下な気が

あ

駅までのタイル舗装《ほそう》の道を行く桂馬の動きで進む子供と

江戸城の松の廊下で横並び一人1台チョロQ持って

『エルマーとりゅう』はいい『ちいさなうさこちゃん』はだめマウスパッドとして

園が燃えていないか確認する時も沈丁花《じんちょうげ》の香りす　余震

「『縁《えん》の下』ってここ」乳歯抜けた吾子《あこ》と下町風俗資料

あ

【お】

大きな都市のデパートの書籍売り場の檸《れ》檬《もん》処理班にいました

お母さんはあんたよりもっと殺してる巣に水を入れたりもした

お財布のポイントカードでメンコしよ「マツモトキヨシ！」「美容院ラッシュ！」

お地蔵がピンクのイヤーマッフルをつけて立ってるみぞれ降る角

同じバッグの人がいるDEAN《でぃーん》 &《あんど》 DELUCA《でるーか》 &《あんど》 DEAN《でぃーん》 &《あんど》 DELUCA《でるーか》

あ

おにぎりを作るとき飛びつかれれば手術する外科医師の手つきす

お風呂の前で歌っていてね髪洗うときおばけが来ないように

お守りの中身を見ずに持っている私としては稀《まれ》なことなり

「お味噌汁《みそしる》だけでも飲んで」帰りしな突き出されたるママゴトの椀

お屋敷のスライスみたいお屋敷の跡地《あとち》に建った5軒のお家

温風と外気の流れぶつかってラウンジにできる潮目《しおめ》に似た箇所

あ

【か】

カーに興味ない者収容所兼カー用品店内休憩所《きゅうけいじょ》の茶

駆《か》け上りカンカンカン叩《たた》く音がする古い壁には水が棲《す》んでる

ガザ地区と足立区響き似ていると吾子《あこ》が言いけり空爆怖い

風に乗り白く光って飛んでいくレジ袋あり川を越えるか

学校はどこもみな似て懐《なつ》かしくこの理科室の匂いも同じ

蕪《かぶ》の葉の根元を切ると切り口が緑の薔薇《ばら》に見えるやってみて

「かよちゃんだ」駆《か》けだしていくセーラー服の子を見ると今でも思う

ガラス越し新生児らの歳を足すみんな合わせて56日

か

軽々とチップみたいに渡される通りすがりに噂話《うわさばなし》を

監督の怒声《どせい》遠くに待ちぼうけ少年野手は砂山作り

完璧な球形の虫天道虫割れて半球でも生きられる

か

簡略な蝶が書かれたボタン押すエレベーターを閉めたい時に

【き】

奇数本入りのパックが並んでる鳥手羽先の奇数奇数奇数

傷つけば脚《あし》も樹木《じゆもく》も同じこと透明な液滲《にじ》ませている

ぎっしりとセミの抜け殻詰《つ》め込んだ軽いトランク持って野《の》を行く

きっとした顔で振りむくクロールに切り替える瞬間《とき》カエルはきっと

黄ばんだり破れたりした書類ほどカラーコピーで生き生き写る

か

君が来て熱きHarley-Davidson《はーれー》停め置けば猫が乗ってる（温かいから）

君たちは名誉レッサーパンダだよ雨の日の午後通知が届く

君の名と同じ響きの島があり煌《きら》めく砂を輸出してると

旧姓をランチタイムに明かし合う私は黒江《くろえ》私は光田《こうだ》

急な坂下ると笑うちんちんがくすぐったいとチャイルドシートで

吸盤に全部真珠をくっつける豪華な蛸《たこ》になると思うの

か

「共用スペースでは必ず犬を抱くこと」買いに行かなきゃ、犬を。

巨匠の絵意外に小さく皆が寄り警報器なりっぱなしの美術展

巨大なる悪の組織も組織なら総務畑《そうむばたけ》を歩む者あり

か

か

きらきらの夏に生まれて生きてみる今度の脚《あし》は2本なんだね

切り傷が痛い時には傷の上ペンで点2個打つ　傷笑う

きれいだろう桜色と同じトーンの水色の桜があれば

金属の匂いの吐息ついている貯金箱でもある白熊が

か

【く】

下り行きタイムマシンに乗る際はまず降りてからお乗りください

くっついたマシュマロ剝《は》がす手応えでわかれるだろう魂二つ

か

靴拭《ふ》きのマットで足を拭《ぬぐ》う人年配の男子に多い皆もやろう

クとワさも似たり手書きの品書きに「焼きチワワ」ある店2度目なり

グリーンのサテン地10メートル買う少女に並んで八月尽

黒いとこ踏むと鬼が来る？白線の上歩いて会社へ行こう

か

【け】

経口補水液《けいこうほすいえき》ゼリータイプ購《あがな》いながら葛湯《くずゆ》の説明す

境内《けいだい》に白く明るい風が吹く2月は逃げる3月は叫ぶ

か

携帯を墓標にすればいいじゃない待ち受け画面に戒名《かいみょう》浮かべ

血液に金を含んだ動物もいるのじゃないか私のは鉄

【こ】

高架下金網の中は猫達のサンクチュアリ私は駅へ

後頭部にトンボとまってる人を見た自分の頭撫《な》でて確かむ

コーヒーの粉かミルクか時間かのどれかがいつもない今日は粉

頭《こう》垂《べ》れ礼拝堂で祈る時びしっと打たれ振りむけば「蚊」と

凍ることは凍るけれどそのうちに乾くと北に住む兄は言う

極細《ごく》き毛が生えているプリンタの紙が出てくるあたりに生命《いのち》

ここいらにタワーマンション建つんだと餅《もち》まきはさぞ危なかろうて

「5時までにツリーのコンセント入れること」聖なる夜の業務用メモ

か

今年まだ化粧してないと言えばもう終わっちゃいますよと言われぬ

「言葉はかせになる」兎が告げてることども言葉じてんの表紙は

言葉みな魔力あり我《われ》産声からひとつながりの呪文唱えて生きる

か

「この辺の空気は堅い」ガラスにぶつかった黄金虫《こがねむし》の認識

この星の7割がたは水らしい征服するならバタ足からよ

誤変換不吉なものは消し急ぐぐだらないけどそう死体のね

か

こんぐらいの獣飼えるよ食べ残しで飼える獣の大きさ見積もる

昏睡《こんすい》から醒《さ》めたる父ははだけた太腿《ふともも》に爪で書くカ・イ・シャと

今度は長く続けられる仕事を探すわ囁《ささや》くボンドガール

【さ】

サザエさんの毛穴までも映りそうTVの売り場回遊しつつ

雑踏で「八十過ぎまで生きる人！」と叫べば皆が振り返る

さ

寒い日にブルーの上着借りているイエロー憎むレッドの正義

36度5分にて「きょうはぷうるはか？」「今日はプールは可！」晴れてる

讃美歌でツイスト踊る父なれば気軽に母と教会へも行く

さ

【し】

幸せは気の持ちようと思う朝人と光と風流れる駅

死が二人を分かちその後にまた死が二人を結びつけるまでは

実習後新生児模型《もでる》並べ干すシリコンゴムの頰《ほお》に春風

10分後賞味期限が切れる肉冷凍庫に入れて髪乾かす

自分の顔をただの色・柄として捉えると似合う服が見つけやすい

さ

邪気《じやき》のない趣味に征服の香りあり（全部）（集める）（操る）（俺が）

写真撮る時我は善女みんな輝け光受けて生き生きと

シャベル持ち蟻《あり》地獄《じごく》の巣崩さずにすくってみせた子のっぺらぼう

さ

洒落《しゃれ》た色洒落《しゃれ》た縫《ぬ》い目のランドセルまっ黄のカバー掛けられている

種子全摘手術《しゅしぜんてきしゅじゅつ》施した苺《いちご》を口に含めば頼りなく甘い

縛《じゅ》という字を描きそう水槽に湧《わ》き上がってるごんずい玉が

主役の死まで書いてある本だけを置いた本屋に行きたい今日は

瞬間の芸「西瓜《すいか》持つ人」見せし産休近き同僚の笑み

生涯に何度名前を書くだろうその度「愛」と書く人強し

少年の頃から君は作ってる心の中に仮想の地図を

白イノガ　ハミ出タダケナラ　戻ルハズ　ひそひそ話すぬいぐるみ達

白さ、黒さ、大きさの全てが欠けたるジャイアントパンダの仔とは

心臓の鼓動にとても似た音で配管が鳴る南風の日

死んだ蟬羽根が壊れて青白い抜け殻ももう壊れたろうか

芯ノ芯マデ濡レタ時緑ノ死来ルぬいぐるみ達の風説

神秘文字めいた柄浮く蟬の胴体《ぼでい》コレ書クノ手伝ッテタコトアル

深夜徘徊未成年補導時所持品星座早見表１点

【す】

水槽のネオンテトラを操作するタッチパネルいじる手つきで

ずいぶんと雑多なものを食うんだな吸血鬼が品書きを見てる

透《す》きとおるきれいな丸いものが浮く君の瞳は光を溜めて

鈴木って素敵な名字銀の鈴たわわに実る木が揺れている

ストリートビューの世界を旅行けばいつどこまでも続く青空

さ

砂浜で産み場所探す海亀の母の気持ち産科が少ない

すれ違い多き夫よ何回も帰ってくるが行くのを見ない

さ

【せ】

「閃輝暗点《せんきあんてん》」って字面素敵だけど〔偏頭痛の前兆現象〕

千手観音がさあねえって肩をすくめる動作思い浮かべて

【そ】

側転ができたことなどないけれど吾子《あこ》に指導す側転のこと

そこここに丸く冷たい箇所がある夏の会議の果ての卓には

そっと置く練り歯磨きのすぐ傍《そば》に白いチューブの「ネリタイムＳ」

その冷蔵庫火を吹くかもと通知あり日々使ってた10年くらい

傍《そば》通る時鳩ぱっとちょっと飛ぶちょっとで良いと判断してる

それぞれの美の秘密など語りつつ聞き流しつつ昼が過ぎてく

「それなら東京にもある。」埼玉の子と話してる利根川のこと

さ

【た】

旅人の振りして街を歩いてるほんとはここに住んでんだけど

魂は皮を剝《む》かれた茘枝《れいし》の実っぽい質感想像として

た

玉砂利にソメイヨシノの花びらが混じっているの蹴立てて歩く

駄目じゃないけどハロウィーンにナマハゲの仮装していくような感じ

誰かしら名前に惹《ひ》かれ頼んでたうす紫のムーンライトソーダ

た

た

誰の中にも君はいてこの人は瞼《まぶた》の縁が君に似ている

誰よりも先に生まれていろいろなものに名前をつけてみたかった

戯れに作った無限会社社長の名刺私はこういう者です

短歌でダウトをやろうじゃないか第3首と第7首にダウト

炭酸入りの果物があったらいいな皮剝《む》けば甘くはじける

誕生時仮死状態であったという同僚が切る青い伝票

た

探偵が夜更け飲む店「バーボンとうまい棒だけ」うまい棒・バー

た

【ち】

近々にヨチヨチ能力目覚めると予言を受ける1歳間近

父語る「ジム・トーヤの冒険」は密林の少年白鯨《はくげい》と出会う

た

茶席にてみんなでお辞儀人間の三つ折り置かれたる緋毛氈《ひもうせん》

ちょうどいい厚みの風を見つけたら指先ぴしっとのばして飛ぼう

【つ】

通年で袖なし着る子と思いしが半袖着てた雪の降る日に

粒《つぶ》餡《あん》かこし餡《あん》かあてられますか磁気共鳴画像装置《えむあーるあい》の中やかましい

潰《つぶ》してて気付いたけれど苺《いちご》には案外空気が入っている

梅雨寒の耳鼻科の壁の模式図に半立体の蝸牛一つ

強そうにアナグラムしてあげようね消えゆく森のレッパ・サンダー

【て】

定食の皿おもむろに動かして好きな配置にして食べている

ディープグリーンの束からオレンジピンクの炎上がる　風強し

「ＤＮＡ《でおきしりぼかくさん》って酸っぱいの？」湯上りの子供の問いに薄青い闇

手触りも目付きも少し違ってる夢に住む虫君を擬態す

「手相って自分で書いてもいいのよ」不意にボールペンでぐいぐいと

鉄板のお好み焼きの熱気受け瞼《まぶた》おろせば目玉熱く丸し

手の甲にマジックでＦＵ…Ｋ…と紏《ただ》せば「風香ちゃんに書かれた」

掌《てのひら》ですくいたくなる光射す体育館の空気冷たし

た

手を挙げて発言してる何気なくガッコで習ったこと守ってる

天空にきりきりと引き絞られて飛んでいきそう小さなお月

電柱に巻きついている針金にも面積があり雪積りゆく

た

【と】

倒壊を恐れ佇む春の庭　揺れと春と動悸と日溜まり

籐籠に放牧されたミニ牛よあんたセロリは食べられないの？

動物の全てがツボを持ってても押す術《すべ》のない者数多《あまた》なり

唐突に明るい空地「金返せ」マジックで書き殴られた杭

透明な円筒であると気づいてるようないないような蟻《あり》は瓶《びん》の中で

東洋拳法への過大なる期待溢《あふ》るる洋画見る夜更け

時を超えツアーの中に紛れこみ史跡の説明一緒に聞こう

どこへも行けないドアどこへも行けないドア開けて冷たいのを飲む

た

凸面《とつめん》の画面を拭《ふ》けば虹の粒詰まってるのが見えたテレビジョン

どの人もその人らしく開けているピアス・ホールいつどこで開けた？

飛び散ったトマトの種が作る染み美しい黄・黄緑・オレンジ

た

頓服で効きそう水も入ってるスノードームの雪の分量

【な】

無い国の人から見るとどう見える軽やかに揃うラジオ体操

長年の夫婦のように口きかず部活へ向かう少年2人

流れゆく誰かのＳｕｉｃａ《すいか》の残額表示７９７《ななきゅうなな》で占え今日を

夏座敷流氷クリオネ紋様茶器にて冷抹茶を飲みたし

夏の風微量の秋が混ざり初《そ》むトンボ２匹の質量分の

な

夏の森の奥から蝶道を通ってやってきた子供達あり

夏服の女子高生の鼓動背に感ず他人《ひと》の命に酔いそう

7歳のキタ・セクスアリス聞きながら泡を濯《すす》いで食器を籠へ

な

7つとも赤だと遅刻するだろうささやかな幸《さち》サムシング・ブルー

何も気にせず来なさい吾子《あこ》よ　もしタイムマシンができていたなら

滑らかなお椀の形の空気詰めお椀達は食器棚にいる

な

南国の果物の皮混じるごみジャングルの香を想像してる

何でも出しっぱなしの人らしい引き出しの中はむしろきれいだ

何度でも生まれ変われよ滑り台滑っては並び滑っては並ぶ

【に】

新盆を終えて走れば「この先に海が見えるコンビニがある」

2歳が2本指立てるのは難しい1歳の1本指より

な

日本より雑に切られた紙吹雪《かみふぶき》滞空時間長く舞い落つ

人間はあそこから生まれる地下鉄の出口からどんどん朝に

【ぬ】

抜けにくいゲームしながら耳澄ます迷子放送専門チャンネル

「濡れた虫」「黄身製造機」抽象画に勝手な題をつけるゲームよ

な

【ね】

「猫いっぴきー、猫にひきー」Let《れっと》 It《いっと》 Be《びぃ》の節で歌え早春

ネズミなら小匙《こさじ》1ヒトならばカップで7くらい脳味噌《のうみそ》入れる

な

寝煙草の父が語った名作をつぎはぎにした大冒険物語《だいあどべんちゃーすとーりー》

練り状の時間があれば便利だな少し擦り込む切り傷治る

【の】

のど飴の成分表示眺めれば木乃伊《みいら》と同じ成分もあり

上りも下りもエスカレエタアどちらかがアタエレカスエではなく

【は】

ハイホー都電に乗って行こうよ小人は80円でいいんだよ

配列の乱れの基点見つけたりトウモロコシの粒の並びの

這《は》う蜥蜴《とかげ》プリントされたシャツ着れば爬虫類学者《はちゅうるいがくしゃ》に見える兄

生え出した袋角《ふくろづの》って痒《かゆ》いんだ仔鬼ぽりぽり掻《か》くことしきり

歯が生えたなら宇宙食始めようグリーンのパック優しく絞って

肌の奥沈んだほくろ私に埋め込まれてる種子のいくつか

ぱたぱたと人の心にスリッパ履きで入る人愛される人

蜂蜜は常温保存蜂達は冷蔵庫とか持っていません

発言が不用意だもうヒロインは死相が出てるああ、また言った

×《ばつ》印刻みつけてはシイタケを鍋へと入れるくつくつ煮えろ

「発表会に参加できなかったこと」を書くなんて無理だと吾子《あこ》は

花びらが溜まる場所にて鳥たちがついばむ何か花じゃないもの

葉奈《はな》ママが翔《しょう》君ママと呼ばれてる浅き知り合い別の顔も母

ばね式の爪がついてて飴玉がかちりと嵌まる指輪が欲しい

は

幅広のレースの縁取《ふちど》りハンカチで作る華やかてるてる坊主

春来れば保湿ティッシュを舐《な》めてみな甘いんだよと教えたくなる

「春」「夏」「冬」「冬（セーター）」捨てられた整理ダンスに書かれた四季よ

反転し丸く膨《ふく》らむ水色のニュースが読めるビー玉越しに

半分の玉ねぎの皮めくりあげ飛び立ちそうな甲虫の形

は

【ひ】

光る石拾い集めて私は歩きで時間旅行してます

羊の目の奥を覗《のぞ》くと難破船に似た構造物があるの

（羊もいいかな）今朝の車内は大変ふかふかになっております

人違いされるとほっとするこの世に紛れこもうアイアムスズキ

一粒でおにぎり大の米あらば塩振り海苔まき二粒を持つ

は

一粒も本物じゃない真珠つけ花嫁を祝す秋の良き日に

火の鳥の雛《ひな》を撫《な》でればぱちぱちはぜるあんたを巣に戻さなきゃ

100年に一言喋る力持つテディ・ベアそっと抱けば「暑イ」と

は

108種混合ワクチン接種してタイムマシンの狭きシートへ

美容師は皆母と同じ髪型を勧めてくれる母を知らないのに

頻回に小鳥助ける運命を生きる人との世間話は

は

ピンクからグリーンへの変更は滑らかではない桜でさえも

【ふ】

ファクシミリランドは冬の国風がぴいぴゅる鳴って声聞こえない

フクロウの頭撫《な》でたら手触りはムースみたいよ花鳥園にて

は

ぶち猫が窪みに五匹溜まってるくっつきあって巨大な猫みたい

縁《ふち》のない鏡を床に置き覗《のぞ》く飛び込めそうな気がしてくるまで

ぷっくりとよく太ってる飛行機が停まっているよ飛行船かあ

は

譜面台は果実の果の字に似てる開演前の果果果と果と果

冬の谷カシミヤ山羊を連れ歩くカシミヤタッチ山羊と一緒に

冬の陽が射すバスの席忘れてる鶴に折られたガムの銀紙

降る雪に真っ白な駅周辺図街は正しく表示されてる

不惑でも明日は五歳のこともある時をシャッフルして生きたなら

ふんわりとしたの着せたらくるくると回り出す女児控室にて

【へ】

平板な昼の光を吸うことは攪拌《かくはん》された虹を吸うこと

ペガサスの翼まわりが凝っている煌《きら》めくものを追いかけすぎて

は

壁面に閉じた世界が嵌《はま》ってる暗き順路をゆっくり進む

ぺりぺりと道路を剝《は》がす地球から蜜柑の筋に似てつながって

弁当は朝に息づく詰められただし巻き卵を内臓として

は

【ほ】

包帯とチューブを纏《まと》う繭《まゆ》みたいいったん繭《まゆ》にして治すのか

防犯カラーボール6色入りに閉じ込められた鮮やかなる美

は

蛍発光遺伝子組換夜光桜開花四月一日

本当はもっと長い言葉じゃないか？怖いから省略して「シ」と

本の字は動かないから立てて置く弁当はほらおかず寄っちゃう

は

ボンボンを持った生《せい》徒《と》等《ら》広がって緋色の＊《あすたりすく》の形

本物の妖精の服は滑らかでホットミルクの皮膜に似てる

【ま】

まあハロウィーンみたいなもんやな地蔵盆について君が言うには

舞い降りる日にはいと答えた私たちは路地裏のパンドラ猫

ま

前行く人皆カーキ色のダウン着るステッチはいろいろ縦・横・波線

まだ外にいるぬいぐるみ一度目の雨が最後の雨かもしれず

まだ誰も踏んでないとこ踏みたいな新宿駅の中の通路の

ま

窓の外塀の上行く子供あり至近距離にて稟議書《りんぎしょ》を打つ

迷ったら派手な方買う癖を持つ赤いピアノとヴィーナス柄の傘

マリンブルーとスカイブルーの2色ボールペン組み立ててケースへ

ま

丸まってカリカリのプラタナスの葉これは踏み潰すタイプの秋

【み】

水玉の服の水玉部分のみ破けてきたと母は云いけり

店先に女雛ばかりを乱雑に詰め込んだ箱骨董屋の春

ま

「見た」と「TVで見た」の差はもうぎりぎりティータイムは進んで行けり

皆自分だけの神事を執り行っている静かなる始業前

耳たぶを丸めて耳の穴に詰めひんやり柔らかい季節です

ま

耳んとこ洗濯ばさみの痕《あと》付き清潔な熊取り込む日暮れ

ミュージカルだと気づかずに見てました随分歌う前向きな人

ま

【む】

向こうへは行けない複眼の天使が飛んでて怖いから行けない

虫食いの暗幕越しの朝の陽よこぼれる光はでたらめな星図

虫の絵を塗りつぶしてはくれないかファーブル昆虫記読みたいのに

「虫のこえ」絶叫調で歌いつつスーパームーンに走る子の影

【め】

芽が吹いて花咲く種は破裂する癇癪玉《かんしゃくだま》に似てますか、神様。

眼の仕組み水分多し海を見る人は水に水を映してる

ま

メルカトル図法より正距方位図法が良さそう西瓜《すいか》描くとき

ま

【も】

もう帰る黒い車があと３台通ったら帰るあれは紺だよ

もし花粉がソフトボール大ならばよけきれるかな春の気配満つ

もし前に進まなくて揺れるだけならこの箱に入ったりしない

モチーフは桜であろう校章は円卓囲む異星人に似て

燃やしたらくんにゃり溶けた木でできた椀と思って使ってたのに

モルモット用サプリメントのネーミング（案）考えるビタモルモV

【や】

安物のレモンの飴を舐めてると舌が痛くてちりちりとする

山の手に京浜東北がぐいぐいと寄ってくる人乗せたまま

闇甘く光は酸いとするならばこっくりと甘い地下調節池

や

【ゆ】

遊泳力が乏しき者がプランクトンということは私は

「游《ゆう》」の字の入る戒名《かいみょう》持つ義父《ちち》の命日義母《はは》の命日と近し

や

有名になる前の彼ひた走る科白《せりふ》もなしに主役を追って

雪の道滑った拍子正座した何故だか転ぶより恥ずかしく

湯豆腐の白いステージかつおぶしと湯気ダンス踊る冬の休日

や

指先に少しついた死擦り付け塀沿いを行く子供・虫・夏

夢語る新人が載る古雑誌繰れば未来へと散っていく埃

や

【よ】

洋服のタグみたいなの脇腹に付いてたら切る切ってとっとく

よく似ててでも種の違う生き物で交雑しないが傍《そば》に住んでる

四字熟語カレンダー5日分千切り入れれば質実剛健なごみ袋

4匹で結界を張る公園の神獣はゾウ・ウマ・カメ・アザラシ

や

【ら】

「ＬＯＶＥ」という文字の形のブローチのＶの字に糸よく引っ掛かる

ランドセルの底でアコーディオンみたいにくしゃくしゃになったお手紙

ら

【り】

リダイヤル機能は良き哉たまさかに赤ちゃんからもお電話いただく

リボンってしょっぱいよね金と赤のリボンのざらりとした舌触り

【る】

留守電にコクトーの詩吹き込ます海越えて吾子《あこ》の声が響く

ら

【れ】

レゴブロック全部床にぶちまけてさあ実寸大ピラミッドを

檸《れ》檬《もん》風呂はやめてくれと陸上部の兄が言うすり傷に沁みると

ら

【ろ】

老婆が並ぶR－《あーる》80映画前売り券発売窓口

6回転のジャンプした後ぼんやりと立ってたら何点ですか

ら

【わ】

我が怒りの吐露7分29秒と表示したり携帯は

私の第一歌集が編まれてる母が手書きでリングノートに

私の名前と同じ駅があり服毒死せし作家の家跡

私は劇中人物なのだろうブルーブラックの字透《す》けてる肌に

私は日本狼アレルギーかもしれないがもう分からない

わ

【を】のかわりに

解説　命の謎を解く奇想

穂村弘

『私は日本狼アレルギーかもしれないがもう分からない』という歌集には、普通の人にはまず思いつかないような奇想が充ちている。頁を捲るたびに、はっとしたりぎょっとしたり。よくわからないけど何かが不穏だ。怖いからスルーしたい。でも、できない。怖いくせに、いや、怖いからこそ、立ち止まって正体を知りたくなる。その奥にとても大切なものが隠されているように感じるのだ。

田中有芽子さんの目には、常人には見えないものが見えているようだ。その眼差しがもっとも深い命の謎を次々に捉えてゆく。だから、読めば読むほど読みたくなる。

ガラス越し新生児らの歳を足すみんな合わせて56日

「みんな合わせて」という発想に驚き、それから「56日」の短さに動揺する。「新生児」が何人いるかはわからないけど、まとめて二ヶ月も生きていないのか。生まれたての彼らは一人一人の個別性がまだ弱く、命の塊めいた印象がある。だからこそ、「みんな合わせて」という奇想が生まれてきたのだろう。その不思議さが、実際には「歳を足す」ことは不可能という事実を逆に浮かび上がらせる。すべての生き物は誰とも交換できない自分だけの命を生きて死ぬしかないのだ。

ぶち猫が窪みに五匹溜まってるくっつきあって巨大な猫みたい

「ぶち」ってところがポイントだ。それは「くっつきあって」もやはり「ぶち」なのだ。でも、どんなに「巨大な猫」に見えても、本当に一つの生き物になっているわけではない。「歳を足す」ことができないように命をまとめることはできないのだ。誰かが近づけば、たちまち五つの命にばらけるだろう。

ぎっしりとセミの抜け殻詰《つ》め込んだ軽いトランク持って野《の》を行く

中身を知らない誰かが蓋を開けたら、さぞ驚くことだろう。「トランク」の中には命は一つも入っていない。ただ、容れ物としての「抜け殻」だけが「ぎっしり」と詰まっている。その中に入っていた無数の命たちは、今、どこで何をしているのか。何匹が死んで、何匹が生きているのか。前述の「すべての生き物は誰とも交換できない自分だけの命を生きて死ぬしかない」という摂理が、まったく別の角度から照らし出されている。

こんぐらいの獣飼えるよ食べ残しで飼える獣の大きさ見積もる

世界には飢えた子どもたちがいるから食べ物を残さないようにしましょう、という主張がある。だが、作中の〈私〉は「食べ残し」を見た時、反射的にそれで「飼える獣の大きさ」を見積もるという。両者は似ているようで何かが決定的に違う。見積もりの結果はどうだったんだろう。小鳥、ハムスター、猫、犬、鹿、ライオン、熊……、或る「大きさ」を超えたところで、その「獣」は人間を殺せるんじゃないか。

奇数本入りのパックが並んでる鳥手羽先の奇数奇数奇数

この歌を見た時、どきっとした。なんだろう。「奇数」がとても怖い。これが偶数なら、そこまでの違和感はない。仮に、三本で一パックの「手羽先」を想像してみる。「鳥」に換算すると一羽半……、この半が怖さの正体だろう。人間に置き換えてみるとよくわかる。一人半用の棺などあり得ない。人間は死んでも人間。だが、「鳥」は殺されて「手羽先」という食料に生まれ変わったとたん、生き物だった時の尊厳を完全に奪われてしまったのだ。

海と陸出会うはずない命たち一皿に盛ってシーフードサラダ

本来は出会うはずのない「命たち」が、人間の都合で目の前の皿の上に集められている。「手羽先」の「奇数」にも通じる強引な「一皿」だ。そもそも、「シーフード」というネーミング自体がやばい。本人たちにはとても云えない。

傍《そば》通る時鳩ぱっとちょっと飛ぶちょっとで良いと判断してる

「鳩」って、そういう態度だ。「鳩」「ぱっと」「ちょっと」という響きの連鎖も面白い。もうちょっと本気で逃げろよ、と思うけど、あれで正解なんだろう。こちらの危険度を完全に見透かされている。「判断」してるのは「鳩」の脳か、それとも条件反射に過ぎないのか。後者の方が前者よりも有効な局面があると思う。「鳩」よりも大きな脳を持った人間も、事故などに遭遇した時は咄嗟の「判断」をそちらに委ねている。

「この辺の空気は堅い」ガラスにぶつかった黄金虫《こがねむし》の認識

「この辺の空気は堅い」が面白い。〈私〉は「黄金虫」の意識を通して世界を把握し直そうとしている。すると、自然界に存在しない「ガラス」という物質は「認識」できないことになる。

一粒でおにぎり大の米あらば塩振り海苔まき二粒を持つ

「一粒でおにぎり大の米あらば」という発想がユニーク。逆に自分が虫くらいのサイズに縮んでしまった感覚に囚われる。でも、「塩振り海苔まき二粒を持つ」と、やることはいつもと同じだ。

あのアゲハ小さい頃から何回もおんなじやつに会ってるのかも

我々には「アゲハ」の個体識別はできない。もしかしたら、「おんなじやつ」が生まれた時からずっと〈私〉を見守っているのかもしれない。ここでもやはり独特の奇想によって命のポテンシャルが直観されている。

100年に一言喋る力持つテディ・ベアそっと抱けば「暑イ」と

「100年に一言」という奇蹟の台詞がそれか、という拍子抜け感が、じわじわと愉快になってくる。私もあなたも、「テディ・ベア」の次の「一言」を聞くことはたぶんできない。

美容師は皆母と同じ髪型を勧めてくれる母を知らないのに

「母」と娘が似ていても不思議はないし、それならば似合う「髪型」も自然に近いものになるはずだ。にも拘わらず、この怖さはなんだろう。脱出できない引力圏のような、解けない呪いのような。

お母さんはあんたよりもっと殺してる巣に水を入れたりもした

子どもが特有の残酷さで虫を殺すようなことがある。そんな時、「だめよ。かわいそうでしょ」と諌めるのが一般的な対応なのだろう。命の大切さを教えるために。けれども、そういう大人たちも食べ物や洋服や靴のためにたくさんの生き物を殺している。命の大切さを普通に教えられると思うこと自体の中に鈍感さと傲慢さがあるんじゃないか。作中の「お母さん」は意外すぎる対応を見せる。まさかの張り合ってくる、だ。そのぎりぎり感の中に閃く真実があると思う。

作者の眼差しは人間だけが生きている社会を超えて、より広い世界を捉えている。そこにはさまざまな命が点滅しながら蠢いている。社会に慣れてしまった私にとっては、たまらなくスリリングな別世界の風景だ。

【ん】のかわりに

あとがき

お忙しい中、本書をお手にとっていただき、本当にありがとうございます。

私は、『短歌という爆弾―今すぐ歌人になりたいあなたのために』（穂村弘著）を読んだことを、大きなきっかけとして、平成21年から短歌を作り始め、「かばんの会」に所属しました。

この歌集は、平成21年から31年に書いた新聞や雑誌への投稿作品等から321首を収録しました。

制作年、歌の意味、もともとは連作だった等、一切気にせずあいうえお順に並べました。それがもっともすっきりすると判断したからです。

その結果、歌集の中にいろんな年頃の息子がばらばらと出現することになりましたが、うちの子は一人です。

では、末尾になりましたが、この歌集を作るにあたって、大きな力を与えてくれたあなたに深い感謝を捧げたいと思います。「あなた」って、あなたです。

歌を作っていると、まだ出会っていない方や、直接の関わりがない事象とも、繋がっている縁があり、お互いに避けがたい影響を与えていることを感じます。

あなたと私も、この世界の中でお互いに響きあい、応えあいながら、不思議な調和の中を生きています。あなたが無限に広がる世界のテーブルクロスを少し引っ張ると、私の世界の小さなティーカップがかたかたと鳴るのです。

私が歌を作るときには、いつでもあなたが必要です。

最後までお読みいただき、ありがとうございました。

田中有芽子

りからん

りからん

家のしりとりのルールは
「り」から
始まる言葉で始めて
「ん」で
終わる言葉を言ったら
ゲームの終わり

【GAME 1】

両の手を後ろについた時君の背中に浮かぶ「水」という文字

ジャングルジムみたいに登ると思っていたの吾子《あこ》と東京タワー

紫陽花《あじさい》がレタスの色の頃にもう苦しい想いになると知ってた

多種類の混ぜこぜ中古カード買うドラゴンめくりして遊ぼうね

猫柳みたいな頭の子供越しボタンを押して降りてく春へ

閻魔帳《えんまちょう》にラフレシアの押し花がはさまっているの忘れたまま

まっすぐか丸まっているエビ反りは見かけたことがない皿の中

風の日に薔薇園《ばらえん》で見せ合う赤い薔薇《ばら》食べたからほら赤い舌

食べた事がないものが食べられない楽園永住者の私達

ちょうど良く林檎《りんご》が保存できそうなひんやりとしたトンネルを行く

空間そのものが囀《さえず》る部屋で働く「ダクトの中」「小鳥」「巣が」「このまま」

満員のようでいてあと5人ほど咀嚼《そしゃく》してから列車は発車

夜半にはぬいぐるみ達が四つ足で歩く季節がまた来ますのに

二種類を混ぜると急に出来上がる素晴らしいもの紫もそう

うろ覚えの「遠い日の歌」が終わらないぐるぐる歌う洗う剝《む》く刻む

虫らしい音を出してる風受けて羽根を震わせ鳴るブラインド

曇天が裏からの陽に輝いて貝殻の中にできた街みたい

行く手には赤い夕陽の映る窓振り返ったけど太陽は無かった

たくさんのカーテン下がるカーテンの売り場宇宙もこんな襞《ひだ》かも

もこもことつんがあるから難しいハート型した雲まだ見ない

イェーイではなくわーいと喜ぶよう指導されたことある秋に

虹色の龍の卵が混ざってる水槽の中のビー玉の中の中に

人間は7割水と聞き及ぶこぼさず踊りこぼさずお辞儀

牛乳を零《こぼ》したら撮るこれは白地図君はこの入り江の魚

ナイロンのリュック背負った少年が弾く駅ピアノ外は霧雨

目の前にいる時蝶は線に似た生き物面と面を重ねて

手のひらに塗った蜂蜜しゃぶりつつ冬眠熊は甘美な夢を

落ちている物が大きい夏の道ウメ、ビワ、天使のトランペット

時の離岸流に流されて時間旅行者が辿り着く喫茶店

【GAME 2】

立体の人間型の中にいる見上げる壁は白く滑らか
革：苦いチョコ色、糸：木苺《きいちご》色《いろ》私の次のランドセルなら

落下した観覧車の輪転がればカラフルな瓦礫《がれき》埃舞いあげ

下水道に流れ込む雨水《あまみず》の水琴窟《すいきんくつ》に似ててぃんてぃん

【GAME 3】

流麗な手跡を見るに字がうまい人とは水を操れる人

突起ある方じゃない方この突起ある芋虫の進む方向

薄めると神秘的な物への憧れとなるその感情恐怖

房状の生き物として主張するバナナと私だけの日曜

運命というより住所が近くって学力も近い君と私

白い鳩売るこの店の顧客名簿マジシャン含有率高し

視聴覚室の無数の穴に棲む虫チンアナゴみたいな動き

今日分の三人分の海を買う小分けにされた海持ちレジへ

描かれた嵌《は》められた縫い止められた目を得ておもちゃ売り場に並ぶ

仏手柑《ぶしゅかん》とブラシの木載っていたあの植物図鑑私の図鑑

【GAME 4】

リップクリームにも季節は巡る夏は柔らかく冬には固い

「色の輪の真ん中に立ち両岸の色を選ぶと似合う」と習う

ウォーターフリーの水の軽い喉越し水よりも体に良いし

新年の挨拶練習せし吾子《あこ》に先んじて父言う「あけおめ！」と

トップノートは揮発する春の香り伊予柑でもフリージアでも

元々がピンクみたいに根元から1センチだけピンクに染めて

手触りが似てる蕾《つぼみ》と瞼《まぶた》とは瞼《まぶた》が開く薄紅色の

長閑《のど》やかな朝鳩達が車体ぎりぎりを競《せ》るチキンレースをやめない

居間で撮る時に戸棚か本棚か空のどれかは映り込む罎《びん》

【GAME 5】

リーダーになるべく生まれついた人そう見えるその爪

目に赤い雷みたいなのがある小さな指で指される春は

ワイパーの動き見つめる晴れ男こういうふうに動くのよこれ

レゴブロックで私を作って崩したら立方体を作って

掌《てのひら》に乗るミニ牛の乳搾り新鮮ミルク紅茶に入れて

掌《てのひら》に乗るミニライオンにあげてみるサイコロステーキを一つ

鶴になる過程のある時点までは亀にもなれる折り紙世界

生きていく力称える・湛えてるキオスクに並ぶ本の題名

いつもより6分少し遅れれば小学生が溢れ咲く道

地の神をなだめる仕草繰り返すスケートボード初心者の手が

額縁をくぐり抜け絵の奥の森越えればここは別の絵の丘

階段の幅ぴったりの人がごろごろと階段転げ落ちてく

空気や雨の重さを感知する感覚器としての手術痕《あと》

特定の植物の種よく食べるそれ専用の釜を持つ※米

メーコタナカウメーコタナカウ晩夏速きリズムのツクツクボウシ

「4月の落し物」って書かれた箱見つめる感傷を持て余す

水面でぱくぱくするとき金魚に外の世界の予感はあるか

カラフルなお菓子の国の演習で着るカラフルな迷彩服を

「お約束の方がお見えになりました」とだけ流れた業務放送

うまくない畳み方したシャツに浮く菱形の目の形した皺《しわ》

私はいつから筆箱を持たなくなったんだろう春に鳴らない

「いったん　まれ」逢魔時《おうまがとき》の曲がり角字を知り初《そ》めし子唱えて進む

難しい　開いている扉と閉じている扉が見分けられない

一台の車が裂けて（夜・ライト・眩しい）バイク二台に変化《へんげ》

原作を読まないとよく分からない映画みたいな君の寂しさ

さよなら勝ちしたチームの数だけこんにちは負けしたチームがいること

透明な傘だけ残る傘立ての複雑な影休館の日に

入院をしたことがない人らしいパジャマのポケットは意味ないと

飛ぶ時に前髪のこと気にしてる鳥はいないと思えばいいか

壁際に猫の形の黒い穴みたいに黒の猫が佇む

無数なる紫の矢が刺さりくる夏の陽射しの模式図痛し

職業に由来の苗字増えたなら江水井《えすいー》さんや遊中馬《ゆうちゅうば》さん

【GAME 6】

リュックには歴史年表、粒ラムネ（時を飛ぶ旅だもの）入れる派

羽のある者達が急激に増え恋するという蟻《あり》の世界は

割れなくなった魔法瓶有事の際はあなたへの手紙を入れる

涙点にプラグを入れる医療にて涙点の径測る器具等

熟れている洋梨の香と味にあるシンナーと共通のくらくら

〝ランタナ〟が正しい名前暫定で〝リバーシブル・ガール〟と名付けた花は

私しか出場しない五輪なら公式飲料はミルクティー

今顔をあげた人は耳がいい私とあなただけがいい耳

未来にはこの数式も詩に値するでしょう今日の授業はここまで

でも、うちにタイマあるじゃん捕まりそうキッチンタイマ取締法違反で

デジタルの時計草の花開きゆく霧雨の古道の石段下りる時

きんきんに冷えたのばかり並んでる立駐のボタン押す冬暁

金運を上げるお守りだと言えばそうも見えるよルアーなるもの

野ウサギが後部座席で物憂げに「今日は野原の方を回って」

鉄柵の向こうの朝陽浴びながら歩くと8ミリ映画のちらちら

ラムベース・ココナツミルク・モモジュース　モモニャコラーダと名付けました

誕生石はトルコ石だけど額に埋め込むとしたらサファイア

青色の羊探しに行ってくる編んであげるね青いセーター

秋の陽を背中に受けて並んでる窓辺の熊とウェットティッシュ

雪積もる畑に乗せるぽんぽんと想像上の巨大な苺《いちご》

語尾につけると誰にでも通じるようになる言葉、それが要りますにゃんくるぽん

最後に

あなたが一口飲んで、蓋を閉めたペットボトルが、どこか暗い隙間に落ちてしまったとします。ペットボトルの液体の中で、あなたに由来する何かが命を得て、繁殖が始まりました。その小さな小さな何か達は世代を重ね、文明を築きました。ペットボトルの中で、です。小さな者にとっては、充分な時間が流れたのです。彼らの中で、科学者や哲学者を生業とするものが現われて、激論の末、「世界は卵型」だと結論しました。いい線いってる。彼らの「世界」は、ペットボトルですから、上部がすぼまった円筒形。近い。

ある日、誰かが、掃除の折に見つけた飲みさしのペットボトルの中身を捨てた。何もかもが眩しい「外」へ流れ出て、そこでまた命を繋ぐ者がいた。そして、「卵」の中の誰より、広い世界を知る。けれど、「卵」は、もともと広い世界の中にあり、「卵」の中で暮らしていた時から、そうとは知らず、広い世界の中にいたのです。

新装版『私は日本狼アレルギーかもしれないがもう分からない』、お楽しみいただけましたでしょうか。H様、N様、T様、Y様、S様、P様、Σ様、φ様、i様、皆様、その節は本当にありがとうございました。

著者略歴

田中有芽子（たなか・うめこ）

札幌生まれの埼玉育ち。東京在住。二〇〇九年より短歌を作り始め、歌人集団「かばんの会」に所属。二〇一〇年より日本経済新聞の歌壇に投稿、穂村弘選として一〇〇首以上掲載され、年間の秀歌にも多数選出。二〇一九年三月『ＢＢレポート』、同年六月、オンデマンド版歌集『私は日本狼アレルギーかもしれないがもう分からない』刊行。

X（旧 Twitter）：@umenohanasaku1

私《わたくし》は日《に》本《ほん》狼《おおかみ》アレルギーかもしれないがもう分《わ》からない

二〇二三年十月四日　第一刷発行

著者　田中有芽子
発行者　小柳学
発行所　株式会社左右社
東京都渋谷区千駄ヶ谷三丁目五五－一二ヴィラパルテノンB1
TEL　〇三－五七八六－六〇三〇
FAX　〇三－五七八六－六〇三二
https://www.sayusha.com
印刷所　創栄図書印刷株式会社

本書はオンデマンド版『私は日本狼アレルギーかもしれないがもう分からない』(NextPublishing Authors Press）に新作「りからん」を加え、一冊としたものです。

　ISBN978-4-86528-388-4